Para Laura, la feliz mamá del Refunfuña.

Stéphane Servant

Para mi padre, que terminó por sembrar su Refunfuña.

Anne Montel

Título original: *Le Crafougna*
Texto: Stéphane Servant
Ilustraciones: Anne Montel
© Didier Jeunesse, Paris, 2012

 CIDCLI

CIDCLI, S.C.
Av. México 145-601
Col. Del Carmen Coyoacán
C.P. 04100 México, D.F.
www.cidcli.com

Traducción al español: Luis Barbeytia

Primera edición en español: octubre, 2014
ISBN: 978-607-8351-14-5

Refunfuña se imprimió en los talleres de Offset Rebosán S.A. de C.V.
Acueducto 115, colonia Huipulco Tlalpan, C.P. 14370, México, D.F.
El tiraje fue de 2 000 ejemplares.

Refunfuña

Una historia de **Stéphane Servant**

ilustrada por Anne Montel

Un **domingo** en la noche, Refunfuña
entró sin hacer ruido en nuestra casa.
Era gris, gruñón, peludo.

Se instaló con papá, mamá y mi hermana
en el sillón enfrente de la tele.
¡Era tan gordo que no había
ya lugar para mí!
Entonces me fui a leer un libro a mi cuarto.

El **lunes** temprano, cuando me desperté,
papá no había preparado el desayuno.
Refunfuñaba en la cama, todavía en piyama.
Se había vuelto gris, gruñón, peludo.

Y refunfuñé,
y refunfuñó.

El **lunes** en la tarde, cuando regresé de la escuela
nadie me ayudó a hacer la tarea.
Mamá refunfuñaba en pantuflas
por toda la sala.
¡Se había vuelto gris,
gruñona, peluda!

¡Y refunfuñé,
y refunfuñó!

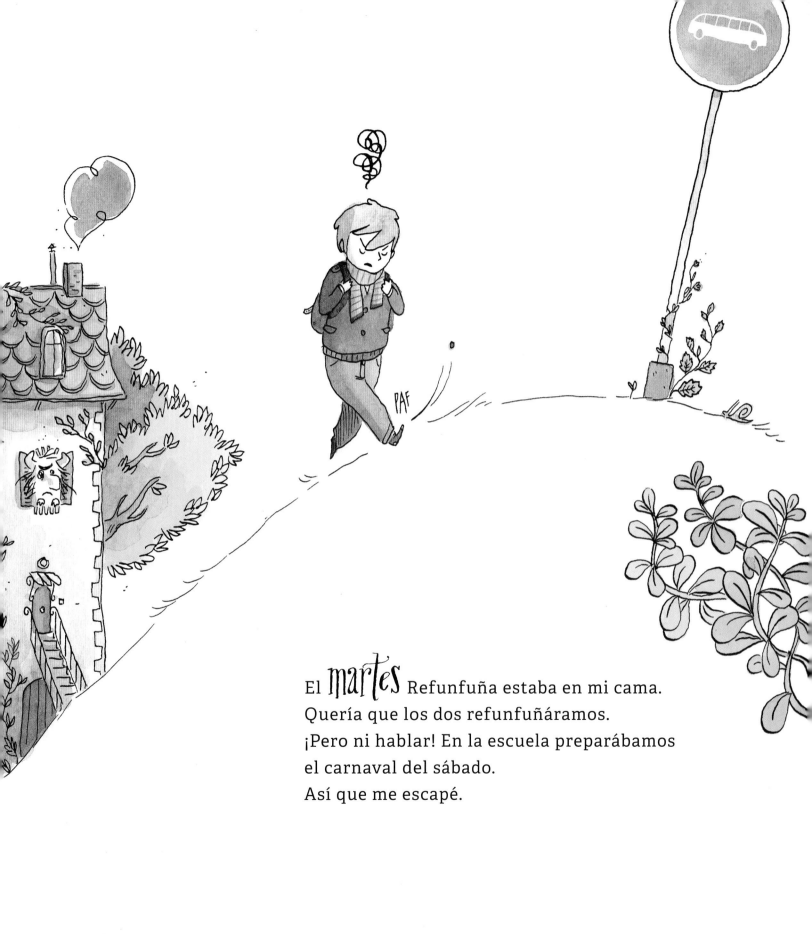

El **martes** Refunfuña estaba en mi cama.
Quería que los dos refunfuñáramos.
¡Pero ni hablar! En la escuela preparábamos
el carnaval del sábado.
Así que me escapé.

El **miércoles**
yo quería divertirme con
mi hermana en el parque.
Un hermoso sol brillaba en
el cielo azul, pero Refunfuña
había cerrado las cortinas.

Y mi hermana refunfuñó
todo el día en el teléfono.
Se había vuelto gris,
gruñona,
peluda.

Y refunfuñe,
y refunfuñó.

El Jueves fue un desastre.
La casa estaba patas arriba,
hecha un desorden.
Papá, mamá y mi hermana sólo refunfuñaban.
Refunfuña les había quitado todas las ganas.

Abrí las cortinas, empecé a tocar música
e hice payasadas para despertarlos.
Pero Refunfuña había pintado las ventanas de negro,
había rellenado las orejas de todo el mundo con sus pelos
y me mandó a mi cuarto.

¡Era demasiado!

¡El *Viernes* me enojé!

Eché a la calle a Refunfuña,
pero entró por la ventana.
Lo saqué por la ventana
y regresó por el fregadero.
Lo sumí en el fregadero
pero volvió por la tele.

¡Imposible deshacerse de él!

El **sábado**, cuando me preparaba
para el carnaval de la escuela,
tuve una idea:
me disfracé de Refunfuña.

Me puse un abrigo viejo, un trapeador en la cabeza y unas cerdas de escoba en las cejas. Imité a Refunfuña haciendo gestos y metiéndome los dedos en la nariz.

Papa, mamá y mi hermana empezaron a sonreír.
¡A reírse, a bromear! Eso no le gustó a Refunfuña.

Nos miró con sus ojos refunfuñones
y se fue rezongando.

¡Y refunfuñé,
y refunfuñó!

Refunfuña no regresó jamás.
Pero yo creo que después
de ese día, Refunfuña vive
en la casa de los vecinos.
Los vecinos grises,
gruñones, peludos.